COLLECTION FOLIO

D1405413

Paul Verlaine

Chansons pour elle

et autres poèmes érotiques

Texte établi par Jacques Borel

Gallimard

Né à Metz en 1844, Paul Verlaine commence à écrire dès l'adolescence. Un emploi de fonctionnaire lui laisse le temps de fréquenter les cafés littéraires où il rencontre de jeunes intellectuels et poètes. Son premier recueil, placé sous le signe d'une planète qui distille la mélancolie, *Poèmes saturniens*, paru avec succès en 1866, révèle une sensibilité inquiète et une écriture très musicale. La mort de sa cousine Élisa, dont il était amoureux, le plonge dans le désespoir. Il tente de se consoler avec l'absinthe et mène une vie de bohème. Le recueil suivant, *Fêtes galantes*, en 1869, évoque un univers raffiné, superficiel et ambigu à l'image des tableaux de Watteau et Fragonard. Verlaine tombe alors follement amoureux de Mathilde de Fleurville, compose en son honneur *La Bonne Chanson*, et l'épouse en 1870, à la veille de la Commune. Il reçoit un jour une lettre d'un jeune poète inconnu, Arthur Rimbaud, et décide de le rencontrer. Les vers du « Bateau ivre » le bouleversent et le fascinent. Verlaine lui dédie *Romances sans paroles*. Pendant deux ans, les deux poètes vivent une vie d'errance et de passion qui s'achève lorsque Verlaine est emprisonné pour avoir tiré sur Rimbaud. Il s'efforce alors de se réformer comme en témoignent les poèmes de *Sagesse* ; la poésie se met au service de la foi. Mais le livre est un échec, la réputation du poète est trop mauvaise pour qu'on le croie sincère. En 1889, il publie *Parallèlement*, le pendant sensuel et érotique de *Sagesse*. Séparé de Mathilde, Verlaine vit avec sa mère, mais tombe de plus en plus dans l'alcoolisme et la débauche. Ses poèmes allient sensualité et mysticisme comme dans *Chansons pour elle*. Alors qu'il sombre dans la solitude et la maladie, son œuvre est reconnue et admirée, il est élu Prince des Poètes, mais meurt misérablement en 1896.

Déchiré par ses contradictions, Verlaine laisse une œuvre dont la tonalité nostalgique a contribué à la naissance de la poésie moderne.

Découvrez, lisez ou relisez les livres de Paul Verlaine

FÊTES GALANTES-ROMANCES SANS PAROLES, *précédé de* POÈMES SATURNIENS (Poésie/Gallimard)

SAGESSE-AMOUR-BONHEUR (Poésie/Gallimard)

LA BONNE CHANSON-JADIS ET NAGUÈRE-PARALLÈLEMENT (Poésie/Gallimard)

LES MÉMOIRES D'UN VEUF (L'Imaginaire n° 405)

Parallèlement

PRÉFACE

(de 1889)

« *Parallèlement* » *à* Sagesse, Amour, *et aussi à* Bonheur *qui va suivre et conclure. Après vien-dront, si Dieu le permet, des œuvres imperson-nelles avec l'intimité latérale d'un long* Et cætera *plus que probable.*

Ceci devait être dit pour répondre aux objec-tions que pourrait soulever le ton particulier du présent fragment d'un ensemble en train.

AVERTISSEMENT

(de 1894)

L'ensemble dont question dans la succincte préface ci-contre est terminé. L'auteur n'aura donc plus à faire de ces vers durs et cruellement païens tels qu'on en trouvera dans ce volume-ci qui est, pour parler comme les bibliothécaires, en quelque sorte l'enfer de son Œuvre chrétien.

Ce qu'il écrira dorénavant, il n'en sait trop rien encore. Peut-être, enfin ! de l'impersonnel. Peut-être aussi qu'il continuera, par intervalles, à regarder en lui-même.

Dans tous les cas, il travaillera jusqu'à ce que Dieu l'arrête.

P. V.
Octobre 1893.

DÉDICACE

Vous souvient-il, cocodette un peu mûre
Qui gobergez vos flemmes de bourgeoise,
Du temps joli quand, gamine un peu sure,
Tu m'écoutais, blanc-bec fou qui dégoise ?

Gardâtes-vous fidèle la mémoire,
Ô grasse en des jerseys de poult-de-soie,
De t'être plu jadis à mon grimoire,
Cour par écrit, postale petite oye ?

Avez-vous oublié, Madame Mère,
Non, n'est-ce pas, même en vos bêtes fêtes,
Mes fautes de goût, mais non de grammaire,
Au rebours de tes chères lettres bêtes ?

Et quand sonna l'heure des justes noces,
Sorte d'Ariane qu'on me dit lourde,
Mes yeux gourmands et mes baisers féroces
À tes nennis faisant l'oreille sourde ?

Rappelez-vous aussi, s'il est loisible
À votre cœur de veuve mal morose,
Ce moi toujours tout prêt, terrible, horrible.
Ce toi mignon prenant goût à la chose,

Et tout le train, tout l'entrain d'un manège
Qui par malheur devint notre ménage.
Que n'avez-vous, en ces jours-là, que n'ai-je
Compris les torts de votre et de mon âge !

C'est bien fâcheux : me voici, lamentable
Épave éparse à tous les flots du vice.
Vous voici, toi, coquine détestable,
Et ceci fallait que je l'écrivisse !

ALLÉGORIE

Un très vieux temple antique s'écroulant
Sur le sommet indécis d'un mont jaune,
Ainsi qu'un roi déchu pleurant son trône,
Se mire, pâle, au tain d'un fleuve lent.

Grâce endormie et regard somnolent,
Une naïade âgée, auprès d'un aulne,
Avec un brin de saule agace un faune,
Qui lui sourit, bucolique et galant.

Sujet naïf et fade qui m'attristes,
Dis, quel poète entre tous les artistes,
Quel ouvrier morose t'opéra,

Tapisserie usée et surannée,
Banale comme un décor d'opéra,
Factice, hélas ! comme ma destinée ?

Les amies

I

SUR LE BALCON

Toutes deux regardaient s'enfuir les hiron-
    delles :
L'une pâle aux cheveux de jais, et l'autre blonde
Et rose, et leurs peignoirs légers de vieille
    blonde
Vaguement serpentaient, nuages, autour d'elles.

Et toutes deux, avec des langueurs d'aspho-
 dèles,
Tandis qu'au ciel montait la lune molle et
 ronde,
Savouraient à longs traits l'émotion profonde
Du soir et le bonheur triste des cœurs fidèles.

Telles, leurs bras pressant, moites, leurs tailles
 souples,
Couple étrange qui prend pitié des autres
 couples,
Telles, sur le balcon, rêvaient les jeunes
 femmes.

Derrière elles, au fond du retrait riche et
 sombre,
Emphatique comme un trône de mélodrames
Et plein d'odeurs, le Lit, défait, s'ouvrait dans
 l'ombre.

II

PENSIONNAIRES

L'une avait quinze ans, l'autre en avait seize ;
Toutes deux dormaient dans la même chambre.
C'était par un soir très lourd de septembre :
Frêles, des yeux bleus, des rougeurs de fraise.

Chacune a quitté, pour se mettre à l'aise,
La fine chemise au frais parfum d'ambre.
La plus jeune étend les bras, et se cambre,
Et sa sœur, les mains sur ses seins, la baise,

Puis tombe à genoux, puis devient farouche
Et tumultueuse et folle, et sa bouche
Plonge sous l'or blond, dans les ombres grises ;

Et l'enfant, pendant ce temps-là, recense
Sur ses doigts mignons des valses promises,
Et, rose, sourit avec innocence.

III

PER AMICA SILENTIA

Les longs rideaux de blanche mousseline
Que la lueur pâle de la veilleuse
Fait fluer comme une vague opaline
Dans l'ombre mollement mystérieuse,

Les grands rideaux du grand lit d'Adeline
Ont entendu, Claire, ta voix rieuse,
Ta douce voix argentine et câline
Qu'une autre voix enlace, furieuse.

« Aimons, aimons ! » disaient vos voix mêlées,
Claire, Adeline, adorables victimes
Du noble vœu de vos âmes sublimes.

Aimez, aimez ! ô chères Esseulées,
Puisqu'en ces jours de malheur, vous encore,
Le glorieux Stigmate vous décore.

IV

PRINTEMPS

Tendre, la jeune femme rousse,
Que tant d'innocence émoustille,
Dit à la blonde jeune fille
Ces mots, tout bas, d'une voix douce :

« Sève qui monte et fleur qui pousse,
Ton enfance est une charmille :
Laisse errer mes doigts dans la mousse
Où le bouton de rose brille,

« Laisse-moi, parmi l'herbe claire,
Boire les gouttes de rosée
Dont la fleur tendre est arrosée, –

« Afin que le plaisir, ma chère,
Illumine ton front candide
Comme l'aube l'azur timide. »

V

ÉTÉ

Et l'enfant répondit, pâmée
Sous la fourmillante caresse
De sa pantelante maîtresse :
« Je me meurs, ô ma bien-aimée !

« Je me meurs ; ta gorge enflammée
Et lourde me soûle et m'oppresse ;
Ta forte chair d'où sort l'ivresse
Est étrangement parfumée ;

« Elle a, ta chair, le charme sombre
Des maturités estivales, –
Elle en a l'ambre, elle en a l'ombre ;

« Ta voix tonne dans les rafales,
Et ta chevelure sanglante
Fuit brusquement dans la nuit lente. »

VI

SAPPHO

Furieuse, les yeux caves et les seins roides,
Sappho, que la langueur de son désir irrite,
Comme une louve court le long des grèves
    froides,

Elle songe à Phaon, oublieuse du Rite,
Et, voyant à ce point ses larmes dédaignées,
Arrache ses cheveux immenses par poignées ;

Puis elle évoque, en des remords sans accalmies,
Ces temps où rayonnait, pure, la jeune gloire
De ses amours chantés en vers que la mémoire
De l'âme va redire aux vierges endormies :

Et voilà qu'elle abat ses paupières blêmies
Et saute dans la mer où l'appelle la Moire, –
Tandis qu'au ciel éclate, incendiant l'eau noire,
La pâle Séléné qui venge les Amies.

Filles

I

À LA PRINCESSE ROUKHINE

« Capellos de Angelos. »
(FRIANDISE ESPAGNOLE)

C'est une laide de Boucher
Sans poudre dans sa chevelure,
Follement blonde et d'une allure
Vénuste à tous nous débaucher.

Mais je la crois mienne entre tous,
Cette crinière tant baisée,
Cette cascatelle embrasée
Qui m'allume par tous les bouts.

Elle est à moi bien plus encor
Comme une flamboyante enceinte
Aux entours de la porte sainte,
L'alme, la dive toison d'or !

Et qui pourrait dire ce corps
Sinon moi, son chantre et son prêtre,
Et son esclave humble et son maître
Qui s'en damnerait sans remords,

Son cher corps rare, harmonieux,
Suave, blanc comme une rose
Blanche, blanc de lait pur, et rose
Comme un lys sous de pourpres cieux ?

Cuisses belles, seins redressants,
Le dos, les reins, le ventre, fête
Pour les yeux et les mains en quête
Et pour la bouche et tous les sens ?

Mignonne, allons voir si ton lit
A toujours sous le rideau rouge
L'oreiller sorcier qui tant bouge
Et les draps fous. Ô vers ton lit !

II

SÉGUIDILLE

Brune encore non eue,
Je te veux presque nue

Sur un canapé noir
Dans un jaune boudoir,
Comme en mil huit cent trente.

Presque nue et non nue
À travers une nue
De dentelles montrant
Ta chair où va courant
Ma bouche délirante.

Je te veux trop rieuse
Et très impérieuse,
Méchante et mauvaise et
Pire s'il te plaisait,
Mais si luxurieuse !

Ah, ton corps noir et rose
Et clair de lune ! Ah, pose
Ton coude sur mon cœur,
Et tout ton corps vainqueur,
Tout ton corps que j'adore !

Ah, ton corps, qu'il repose
Sur mon âme morose
Et l'étouffe s'il peut,
Si ton caprice veut,
Encore, encore, encore !

Splendides, glorieuses,
Bellement furieuses

Dans leurs jeunes ébats,
Fous mon orgueil en bas
Sous tes fesses joyeuses !

III

CASTA PIANA

Tes cheveux bleus aux dessous roux,
Tes yeux très durs qui sont trop doux,
Ta beauté qui n'en est pas une,
Tes seins que busqua, que musqua
Un diable cruel et jusqu'à
Ta pâleur volée à la lune,

Nous ont mis dans tous nos états,
Notre-Dame du galetas
Que l'on vénère avec des cierges
Non bénits, les Ave non plus
Récités lors des angélus
Que sonnent tant d'heures peu vierges.

Et vraiment tu sens le fagot :
Tu tournes un homme en nigaud,
En chiffre, en symbole, en un souffle,
Le temps de dire ou de faire oui,
Le temps d'un bonjour ébloui,
Le temps de baiser ta pantoufle.

Terrible lieu, ton galetas !
On t'y prend toujours sur le tas
À démolir quelque maroufle,
Et, décanilles, ces amants,
Munis de tous les sacrements,
T'y penses moins qu'à ta pantoufle !

T'as raison ! Aime-moi donc mieux
Que tous ces jeunes et ces vieux
Qui ne savent pas la manière,
Moi qui suis dans ton mouvement,
Moi qui connais le boniment
Et te voue une cour plénière !

Ne fronce plus ces sourcils-ci,
Casta, ni cette bouche-ci,
Laisse-moi puiser tous tes baumes,
Piana, sucrés, salés, poivrés,
Et laisse-moi boire, poivrés,
Salés, sucrés, tes sacrés baumes !

IV

AUBURN

« Et des châtain's aussi. »
(CHANSON DE MALBROUK.)

Tes yeux, tes cheveux indécis,
L'arc mal précis de tes sourcils,
La fleur pâlotte de ta bouche,
Ton corps vague et pourtant dodu,
Te donnent un air peu farouche
À qui tout mon hommage est dû.

Mon hommage, ah, parbleu ! tu l'as.
Tous les soirs, quels joie et soulas,
Ô ma très sortable châtaine,
Quand vers mon lit tu viens, les seins
Roides, et quelque peu hautaine,
Sûre de mes humbles desseins,

Les seins roides sous la chemise,
Fière de la fête promise
À tes sens partout et longtemps,
Heureuse de savoir ma lèvre,
Ma main, mon tout, impénitents
De ces péchés qu'un fol s'en sèvre !

Sûre de baisers savoureux
Dans le coin des yeux, dans le creux
Des bras et sur le bout des mammes,
Sûre de l'agenouillement
Vers ce buisson ardent des femmes
Follement, fanatiquement !

Et hautaine puisque tu sais
Que ma chair adore à l'excès
Ta chair et que tel est ce culte
Qu'après chaque mort, – quelle mort ! –
Elle renaît, dans quel tumulte !
Pour mourir encore et plus fort.

Oui, ma vague, sois orgueilleuse,
Car radieuse ou sourcilleuse,
Je suis ton vaincu, tu m'as tien :
Tu me roules comme la vague
Dans un délice bien païen,
Et tu n'es pas déjà si vague !

V

À MADEMOISELLE***

Rustique beauté
Qu'on a dans les coins,
Tu sens bon les foins,
La chair et l'été.

Tes trente-deux dents
De jeune animal
Ne vont point trop mal
À tes yeux ardents.

Ton corps dépravant
Sous tes habits courts,
– Retroussés et lourds,
Tes seins en avant,

Tes mollets farauds,
Ton buste tentant,
– Gai, comme impudent,
Ton cul ferme et gros,

Nous boutent au sang
Un feu bête et doux
Qui nous rend tout fous,
Croupe, rein et flanc.

Le petit vacher
Tout fier de son cas,
Le maître et ses gas,
Les gas du berger,

Je meurs si je mens,
Je les trouve heureux.
Tous ces culs-terreux,
D'être tes amants.

VI

À MADAME***

Vos narines qui vont en l'air,
Non loin de deux beaux yeux quelconques,
Sont mignonnes comme ces conques
Du bord de mer des bains de mer ;

Un sourire moins franc qu'aimable
Découvre de petites dents,
Diminutifs outrecuidants
De celles d'un loup de la fable ;

Bien en chair, lente avec du chien,
On remarque votre personne,
Et votre voix fine résonne
Non sans des agréments très bien ;

De la grâce externe et légère
Et qui me laissait plutôt coi
Font de vous un morceau de roi,
Ô constitutionnel, chère !

Toujours est-il, regret ou non,
Que je ne sais pourquoi mon âme
Par ces froids pense à vous, Madame
De qui je ne sais plus le nom.

Lunes

I

Je veux, pour te tuer, ô temps qui me dévastes,
Remonter jusqu'aux jours bleuis des amours
   chastes
Et bercer ma luxure et ma honte au bruit doux
De baisers sur Sa main et non plus dans Leurs
   cous.
Le Tibère effrayant que je suis à cette heure,
Quoi que j'en aie, et que je rie ou que je
   pleure,
Qu'il dorme ! pour rêver, loin d'un cruel
   bonheur,
Aux tendrons pâlots dont on ménageait
   l'honneur
Ès-fêtes, dans, après le bal sur la pelouse,
Le clair de lune quand le clocher sonnait
   douze.

II

À LA MANIÈRE DE PAUL VERLAINE

C'est à cause du clair de la lune
Que j'assume ce masque nocturne
Et de Saturne penchant son urne
Et de ces lunes l'une après l'une.

Des romances sans paroles ont,
D'un accord discord ensemble et frais,
Agacé ce cœur fadasse exprès,
Ô le son, le frisson qu'elles ont !

Il n'est pas que vous n'ayez fait grâce
À quelqu'un qui vous jetait l'offense :
Or, moi, je pardonne à mon enfance
Revenant fardée et non sans grâce.

Je pardonne à ce mensonge-là
En faveur en somme du plaisir
Très banal drôlement qu'un loisir
Douloureux un peu m'inocula.

III

EXPLICATION

Je vous dis que ce n'est pas ce que l'on pensa.
(P.V.)

Le bonheur de saigner sur le cœur d'un ami,
Le besoin de pleurer bien longtemps sur son sein,
Le désir de parler à lui, bas à demi,
Le rêve de rester ensemble sans dessein !

Le malheur d'avoir tant de belles ennemies,
La satiété d'être une machine obscène,
L'horreur des cris impurs de toutes ces lamies,
Le cauchemar d'une incessante mise en scène !

Mourir pour sa Patrie ou pour son Dieu,
    gaîment,
Ou pour l'autre, en ses bras, et baisant chastement
La main qui ne trahit, la bouche qui ne ment !

Vivre loin des devoirs et des saintes tourmentes
Pour les seins clairs et pour les yeux luisants
    d'amantes,
Et pour le... reste ! vers telles morts infa-
    mantes !

IV

AUTRE EXPLICATION

Amour qui ruisselais de flammes et de lait,
Qu'est devenu ce temps, et comme est-ce
  qu'elle est.
La constance sacrée au chrême des promesses ?
Elle ressemble une putain dont les prouesses
Empliraient cent bidets de futurs fœtus froids ;
Et le temps a crû mais pire, tels les effrois
D'un polype grossi d'heure en heure et qui pète.
Lâches, nous ! de nous être ainsi lâchés !

　　　　　　　　　　　　　　« Arrête ! »
Dit quelqu'un de dedans le sein. C'est bien la loi.
On peut mourir pour telle ou tel, on vit pour soi,
Même quand on voudrait vivre pour tel ou telle !
Et puis l'heure sévère, ombre de la mortelle,
S'en vient déjà couvrir les trois quarts du
  cadran.
Il faut, dès ce jourd'hui, renier le tyran
Plaisir, et se complaire aux prudents hyménées,
Quittant le souvenir des heures entraînées
Et des gens. Et voilà la norme et le flambeau.
Ce sera bien. »
　　　　　L'Amour :
　　　　　　　　« Ce ne serait pas beau. »

V

LIMBES

L'imagination, reine,
Tient ses ailes étendues,
Mais la robe qu'elle traîne
A des lourdeurs éperdues.

Cependant que la Pensée,
Papillon, s'envole et vole,
Rose et noir clair, élancée
Hors de la tête frivole.

L'Imagination, sise
En son trône, ce fier siège !
Assiste, comme indécise,
À tout ce preste manège,

Et le papillon fait rage,
Monte et descend, plane et vire :
On dirait dans un naufrage
Des culbutes du navire.

La reine pleure de joie
Et de peine encore, à cause
De son cœur qu'un chaud pleur noie,
Et n'entend goutte à la chose.

Psyché Deux pourtant se lasse.
Son vol est la main plus lente
Que cent tours de passe-passe
Ont faite toute tremblante.

Hélas, voici l'agonie !
Qui s'en fût formé l'idée ?
Et tandis que, bon génie
Plein d'une douceur lactée,

La bestiole céleste
S'en vient palpiter à terre,
La Folle-du-Logis reste
Dans sa gloire solitaire !

VI

LOMBES

Deux femmes des mieux m'ont apparu cette
    nuit.
Mon rêve était au bal, je vous demande un peu !
L'une d'entre elles maigre assez, blonde, un œil
    bleu,
Un noir et ce regard mécréant qui poursuit.

L'autre, brune au regard sournois qui flatte et
    nuit,

Seins joyeux d'être vus, dignes d'un demi-dieu !
Et toutes deux avaient, pour rappeler le jeu
De la main chaude, sous la traîne qui bruit,

Des bas de dos très beaux et d'une gaîté folle
Auxquels il ne manquait vraiment que la parole,
Royale arrière-garde aux combats du plaisir.

Et ces Dames – scrutez l'armorial de France –
S'efforçaient d'entamer l'orgueil de mon désir,
Et n'en revenaient pas de mon indifférence.

Vouziers (Ardennes), 13 avril – 23 mai 1885.

LA DERNIÈRE FÊTE GALANTE

Pour une bonne fois séparons-nous,
Très chers messieurs et si belles mesdames.
Assez comme cela d'épithalames,
Et puis là, nos plaisirs furent trop doux.

Nul remords, nul regret vrai, nul désastre !
C'est effrayant ce que nous nous sentons
D'affinités avecque les moutons
Enrubannés du pire poétastre.

Nous fûmes trop ridicules un peu
Avec nos airs de n'y toucher qu'à peine.

Le Dieu d'amour veut qu'on ait de l'haleine,
Il a raison ! Et c'est un jeune Dieu.

Séparons-nous, je vous le dis encore.
Ô que nos cœurs qui furent trop bêlants,
Dès ce jourd'hui réclament, trop hurlants,
L'embarquement pour Sodome et Gomorrhe !

POÈME SATURNIEN

Ce fut bizarre et Satan dut rire.
Ce jour d'été m'avait tout soûlé.
Quelle chanteuse impossible à dire
Et tout ce qu'elle a débagoulé !

Ce piano dans trop de fumée
Sous des suspensions à pétrole !
Je crois, j'avais la bile enflammée,
J'entendais de travers ma parole.

Je crois, mes sens étaient à l'envers,
Ma bile avait des bouillons fantasques.
Ô les refrains de cafés-concerts,
Faussés par le plus plâtré des masques !

Dans des troquets comme en ces bourgades,
J'avais rôdé, suçant peu de glace.

Trois galopins aux yeux de tribades
Dévisageaient sans fin ma grimace.

Je fus hué manifestement
Par ces voyous, non loin de la gare,
Et les engueulai si goulûment
Que j'en faillis gober mon cigare.

Je rentre : une voix à mon oreille,
Un pas fantôme. Aucun ou personne ?
On m'a frôlé. – La nuit sans pareille !
Ah ! l'heure d'un réveil drôle sonne.

Attigny (Ardennes), 31 mai — 1er juin 1885.

L'IMPUDENT

La misère et le mauvais œil,
Soit dit sans le calomnier,
Ont fait à ce monstre d'orgueil
Une âme de vieux prisonnier,

Oui, jettatore, oui, le dernier
Et le premier des gueux en deuil
De l'ombre même d'un denier
Qu'ils poursuivront jusqu'au cercueil.

Son regard mûrit les enfants.
Il a des refus triomphants.
Même il est bête à sa façon.

Beautés passant, au lieu de sous,
Faites à ce mauvais garçon
L'aumône seulement... de vous.

L'IMPÉNITENT

Rôdeur vanné, ton œil fané
Tout plein d'un désir satané
Mais qui n'est pas l'œil d'un bélître,
Quand passe quelqu'un de gentil
Lance un éclair comme une vitre.

Ton blaire flaire, âpre et subtil,
Et l'étamine et le pistil,
Toute fleur, tout fruit, toute viande,
Et ta langue d'homme entendu
Pourlèche ta lèvre friande.

Vieux faune en l'air guettant ton dû,
As-tu vraiment bandé, tendu
L'arme assez de tes paillardises ?
L'as-tu, drôle, braquée assez ?
Ce n'est rien que tu nous le dises.

Quoi, malgré ces reins fricassés,
Ce cœur éreinté, tu ne sais
Que dévouer à la luxure
Ton cœur, tes reins, ta poche à fiel,
Ta rate et toute ta fressure !

Sucrés et doux comme le miel,
Damnants comme le feu du ciel,
Bleus comme fleur, noirs comme poudre,
Tu raffoles beaucoup des yeux
De tout genre en dépit du Foudre.

Les nez te plaisent, gracieux
Ou simplement malicieux,
Étant la force des visages,
Étant aussi, suivant des gens,
Des indices et des présages.

Longs baisers plus clairs que des chants,
Tout petits baisers astringents
Qu'on dirait qui vous sucent l'âme,
Bons gros baisers d'enfant, légers
Baisers danseurs, telle une flamme,

Baisers mangeurs, baisers mangés,
Baisers buveurs, bus, enragés,
Baisers languides et farouches,
Ce que t'aimes bien, c'est surtout,
N'est-ce pas ? les belles boubouches.

Les corps enfin sont de ton goût,
Mieux pourtant couchés que debout,
Se mouvant sur place qu'en marche,
Mais de n'importe quel climat,
Pont-Saint-Esprit ou Pont-de-l'Arche.

Pour que ce goût les acclamât
Minces, grands, d'aspect plutôt mat,
Faudrait pourtant du jeune en somme :
Pieds fins et forts, tout légers bras
Musculeux et les cheveux comme

Ça tombe, longs, bouclés ou ras, –
Sinon pervers et scélérats
Tout à fait, un peu d'innocence
En moins, pour toi sauver, du moins,
Quelque ombre encore de décence ?

Nenni dà ! Vous, soyez témoins,
Dieux la connaissant dans les coins,
Que ces manières, de parts telles,
Sont pour s'amuser mieux au fond
Sans trop musser aux bagatelles.

C'est ainsi que les choses vont
Et que les raillards fieffés font.
Mais tu te ris de ces morales, –
Tel un quelqu'un plus que pressé
Passe outre aux défenses murales.

Et tu réponds, un peu lassé
De te voir ainsi relancé,
De ta voix que la soif dégrade
Mais qui n'est pas d'un marmiteux
« Qu'y peux-tu faire, camarade,

Si nous sommes cet amiteux ? »

SUR UNE STATUE DE GANYMÈDE

Eh quoi ! Dans cette ville d'eaux,
Trêve, repos, paix, intermède,
Encor toi de face et de dos,
Beau petit ami Ganymède ?

L'aigle t'emporte, on dirait comme
Amoureux, de parmi les fleurs,
Son aile, d'élans économe,
Semble te vouloir par ailleurs

Que chez ce Jupin tyrannique,
Comme qui dirait au Revard[1]
Et son œil qui nous fait la nique
Te coule un drôle de regard.

1. Montagne aux environs d'Aix-les-Bains.

Bah ! reste avec nous, bon garçon,
Notre ennui, viens donc le distraire
Un peu de la bonne façon.
N'es-tu pas notre petit frère ?

PROLOGUE SUPPRIMÉ

À UN LIVRE D'« INVECTIVES »

Mes femmes, toutes ! et ce n'est pas effrayant :
À peu près, en trente ans ! neuf, ainsi que les
    Muses,
Je vous évoque et vous invoque, chœur riant,
Au seuil de ce recueil où, mon fiel, tu t'amuses.

Neuf environ ! Sans m'occuper du casuel,
Des amours de raccroc, des baisers de ren-
    contre,
Neuf que j'aimais et qui m'aimaient, – si c'est
    réel,
Ou que non pas, qu'importe à ce Fiel qui se
    montre ? –

Je vous évoque, corps si choyés, chères chairs,
Seins adorés, regards où les miens vinrent vivre
Et mourir, et tous les trésors encor plus chers,
Je vous invoque au seuil, mesdames, de mon
    livre :

Toi qui fus blondinette et mignarde aux yeux
   bleus ;
Vous mes deux brunes, l'une grasse et grande,
   et l'autre
Imperceptible avec, toutes deux, de doux yeux
De velours sombre, d'où coulait cette âme
   vôtre ;

Et ô rouquine en fleur qui mis ton rose et blanc
Incendie ès mon cœur, plutôt noir, qui s'em-
   brase
À ton étreinte, bras très frais, souple et dur
   flanc,
Et l'or mystérieux du vase pour l'extase.

Et vous autres, Parisiennes à l'excès,
Toutes de musc abandonné sur ma prière
(Car je déteste les parfums et je ne sais
Rien de meilleur à respirer que l'odeur fière

Et saine de la femme seule que l'on eut
Pour le moment sur le moment), et vous, le
   reste
Qu'on, sinon très gentil, très moralement, eut
D'un geste franc, bon, et leste, sinon céleste.

Je vous atteste, sœurs aimables de mon corps,
Qu'on fut injuste à mon endroit, et que je
   souffre

À cause de cette faiblesse, fleur du corps,
Perte de l'âme, qui, paraît-il, mène au gouffre,

Au gouffre où les malins, les matois, les « pei-
     nards »
Comme autant de démons d'enfer, un enfer
     bête
Et d'autant plus méchant dans ses ennuis traî-
     nards,
Accueillent d'escroquerie âpre le poète...

Ô mes chères, soyez mes muses, en ce nid
Encore bienséant d'un pamphlet qui s'essore.
Soyez à ce pauvret que la haine bénit
Le rire du soleil et les pleurs de l'aurore.

Donnez force et virilité, par le bonheur
Que vous donniez jadis à ma longue jeunesse,
Pour que je parle bien, et comme à votre
     honneur
Et comme en votre honneur, et pour que je re-
     naisse

En quelque sorte à la Vigueur, non celle-là
Que nous déployions en des ères plus propices,
Mais à celle qu'il faut, au temps où nous voilà,
Contre les scélérats, les sots et les complices.

Ô mes femmes, soyez mes muses, voulez-vous ?
Soyez même un petit comme un lot d'Érinnyes

Pour rendre plus méchants mes vers encor trop
    doux
À l'adresse de ce vil tas d'ignominies :

Telle contemporaine et tel contemporain
Dont j'ai trop éprouvé la haine et la rancune,
Martial et non Juvénal, et non d'airain,
Mais de poivre et de sel, la mienne de rancune.

Mes vers seront méchants, du moins je m'en
    prévaux,
Comme la gale et comme un hallier de vermine,
Et comme tout... Et sus aux griefs vrais ou faux
Qui m'agacent !... Muses, or, sus à la vermine !

                                    24 septembre 91.

LE SONNET DE L'HOMME AU SABLE

Aussi, la créature était par trop toujours la
    même,
Qui donnait ses baisers comme un enfant donne
    des noix,
Indifférente à tout, hormis au prestige suprême
De la cire à moustache et de l'empois des faux-
    cols droits.

Et j'ai ri, car je tiens la solution du problème :

Ce pouf était dans l'air dès le principe, je le
    vois ;
Quand la chair et le sang, exaspérés d'un long
    carême,
Réclamèrent leur dû, – la créature était en bois.

C'est le conte d'Hoffmann avec de la bêtise en
    marge.
Amis qui m'écoutez, faites votre entendement
    large,
Car c'est la vérité que ma morale, et la voici :

Si, par malheur, – puisse d'ailleurs l'augure aller
    au diable ! –
Quelqu'un de vous devait s'emberlificoter aussi,
Qu'il réclame un conseil de révision préalable.

GUITARE

Le pauvre du chemin creux chante et parle.
Il dit : « Mon nom est Pierre et non pas
    Charle,
Et je m'appelle aussi Duchatelet [1].
Une fois je vis, moi, qu'on croit très laid,

1. Voir *Louise Leclercq*, nouvelles par l'auteur [*note de
1894*].

Passer vraiment une femme très belle.
(Si je la voyais telle, elle était telle.)
Nous nous mariâmes au vieux curé.
On eut tout ce qu'on avait espéré,
Jusqu'à l'enfant qu'on m'a dit vivre encore.
Mais elle devint la pire pécore
Indigne même de cette chanson,
Et certain beau soir quitta la maison
En emportant tout l'argent du ménage
Dont les trois quarts étaient mon apanage.
C'était une voleuse, une sans-cœur,
Et puis, par des fois, je lui faisais peur.
Elle n'avait pas l'ombre d'une excuse,
Pas un amant ou par rage ou par ruse.
Il paraît qu'elle couche depuis peu
Avec un individu qui tient lieu
D'époux à cette femme de querelle.
Faut-il la tuer ou prier pour elle ? »

Et le pauvre sait très bien qu'il priera,
Mais le diable parierait qu'il tuera.

BALLADE DE LA VIE EN ROUGE

L'un toujours vit la vie en rose,
Jeunesse qui n'en finit plus,
Seconde enfance moins morose,

Ni vœux, ni regrets superflus.
Ignorant tout flux et reflux,
Ce sage pour qui rien ne bouge
Règne instinctif : tel un phallus.
Mais moi je vois la vie en rouge.

L'autre ratiocine et glose
Sur des modes irrésolus,
Soupesant, pesant chaque chose
De mains gourdes aux lourds calus.
Lui faudrait du temps tant et plus
Pour se risquer hors de son bouge.
Le monde est gris à ce reclus.
Mais moi je vois la vie en rouge.

Lui, cet autre, alentour il ose
Jeter des regards bien voulus,
Mais, sur quoi que son œil se pose,
Il s'exaspère où tu te plus,
Œil des philanthropes joufflus ;
Tout lui semble noir, vierge ou gouge,
Les hommes, vins bus, livres lus.
Mais moi je vois la vie en rouge.

ENVOI

Prince et princesse, allez, élus,
En triomphe par la route où je
Trime d'ornières en talus.
Mais moi, je vois la vie en rouge.

NOUVELLES VARIATIONS

SUR LE POINT DU JOUR

Le Point du Jour, le point blanc de Paris,
Le seul point blanc, grâce à tant de bâtisse
Et neuve et laide et que je t'en ratisse,
Le Point du Jour, aurore des paris !

Le bonneteau fleurit « dessur » la berge,
La bonne tôt s'y déprave, tant pis
Pour elle et tant mieux pour le birbe gris
Qui lui du moins la croit encore vierge.

Il a raison le vieux, car voyez donc
Comme est joli toujours le paysage ;
Paris au loin, triste et gai, fol et sage,
Et le Trocadéro, ce cas, au fond,

Puis la verdure et le ciel et les types
Et la rivière obscène et molle, avec
Des gens trop beaux, leur cigare à leur bec :
Épatants ces metteurs-au-vent de tripes !

PIERROT GAMIN

Ce n'est pas Pierrot en herbe
Non plus que Pierrot en gerbe,
C'est Pierrot, Pierrot, Pierrot.
Pierrot gamin, Pierrot gosse,
Le cerneau hors de la cosse,
C'est Pierrot, Pierrot, Pierrot !

Bien qu'un rien plus haut qu'un mètre,
Le mignon drôle sait mettre
Dans ses yeux l'éclair d'acier
Qui sied au subtil génie
De sa malice infinie
De poète-grimacier.

Lèvres rouge-de-blessure
Où sommeille la luxure,
Face pâle aux rictus fins,
Longue, très accentuée,
Qu'on dirait habituée

À contempler toutes fins,

Corps fluet et non pas maigre,
Voix de fille et non pas aigre,
Corps d'éphèbe en tout petit,
Voix de tête, corps en fête,
Créature toujours prête
À soûler chaque appétit.

Va, frère, va, camarade,
Fais le diable, bats l'estrade
Dans ton rêve et sur Paris
Et par le monde, et sois l'âme
Vile, haute, noble, infâme
De nos innocents esprits !

Grandis, car c'est la coutume,
Cube ta riche amertume,
Exagère ta gaieté,
Caricature, auréole,
La grimace et le symbole
De notre simplicité !

Ces passions qu'eux seuls nomment encore
    amours
Sont des amours aussi, tendres et furieuses,

Avec des particularités curieuses
Que n'ont pas les amours certes de tous les
    jours.

Même plus qu'elles et mieux qu'elles héroïques,
Elles se parent de splendeurs d'âme et de sang
Telles qu'au prix d'elles les amours dans le rang
Ne sont que Ris et Jeux ou besoins érotiques,

Que vains proverbes, que riens d'enfants trop
    gâtés,
– « Ah ! les pauvres amours banales, animales,
Normales ! Gros goûts lourds ou frugales frin-
    gales,
Sans compter la sottise et des fécondités ! »

– Peuvent dire ceux-là que sacre le haut Rite,
Ayant conquis la plénitude du plaisir,
Et l'insatiabilité de leur désir
Bénissant la fidélité de leur mérite.

La plénitude ! Ils l'ont superlativement :
Baisers repus, gorgés, mains privilégiées
Dans la richesse des caresses repayées,
Et ce divin final anéantissement !

Comme ce sont les forts et les forts, l'habitude
De la force les rend invaincus au déduit.
Plantureux, savoureux, débordant, le déduit !
Je le crois bien qu'ils l'ont la pleine plénitude !

Et pour combler leurs vœux, chacun d'eux tour
    à tour
Fait l'action suprême, a la parfaite extase,
– Tantôt la coupe ou la bouche et tantôt le
    vase –
Pâmé comme la nuit, fervent comme le jour.

Leurs beaux ébats sont grands et gais. Pas de
    ces crises :
Vapeurs, nerfs. Non, des jeux courageux, puis
    d'heureux
Bras las autour du cou, pour de moins
    langoureux
Qu'étroits sommeils à deux, tout coupés de re-
    prises.

Dormez, les amoureux ! Tandis qu'autour de
    vous
Le monde inattentif aux choses délicates,
Bruit ou gît en somnolences scélérates,
Sans même, il est si bête ! être de vous jaloux.

Et ces réveils francs, clairs, riants, vers
    l'aventure
De fiers damnés d'un plus magnifique sabbat ?
Et salut, témoins purs de l'âme en ce combat
Pour l'affranchissement de la lourde nature !

LÆTI ET ERRABUNDI

Les courses furent intrépides
(Comme aujourd'hui le repos pèse !)
Par les steamers et les rapides.
(Que me veut cet at home obèse ?)

Nous allions, – vous en souvient-il,
Voyageur où ça disparu ? –
Filant légers dans l'air subtil,
Deux spectres joyeux, on eût cru !

Car les passions satisfaites
Insolemment outre mesure
Mettaient dans nos têtes des fêtes
Et dans nos sens, que tout rassure,

Tout, la jeunesse, l'amitié,
Et nos cœurs, ah ! que dégagés
Des femmes prises en pitié
Et du dernier des préjugés,

Laissant la crainte de l'orgie
Et le scrupule au bon ermite,
Puisque quand la borne est franchie
Ponsard ne veut plus de limite.

Entre autres blâmables excès
Je crois que nous bûmes de tout,

Depuis les plus grands vins français
Jusqu'à ce faro, jusqu'au stout,

En passant par les eaux-de-vie
Qu'on cite comme redoutables,
L'âme au septième ciel ravie,
Le corps, plus humble, sous les tables.

Des paysages, des cités
Posaient pour nos yeux jamais las ;
Nos belles curiosités
Eussent mangé tous les atlas.

Fleuves et monts, bronzes et marbres,
Les couchants d'or, l'aube magique,
L'Angleterre, mère des arbres,
Fille des beffrois, la Belgique,

La mer, terrible et douce au point, –
Brochaient sur le roman très cher
Que ne discontinuait point
Notre âme – et *quid* de notre chair ?... –

Le roman de vivre à deux hommes
Mieux que non pas d'époux modèles,
Chacun au tas versant des sommes
De sentiments forts et fidèles.

L'envie aux yeux de basilic
Censurait ce mode d'écot :

Nous dînions du blâme public
Et soupions du même fricot.

La misère aussi faisait rage
Par des fois dans le phalanstère :
On ripostait par le courage,
La joie et les pommes de terre.

Scandaleux sans savoir pourquoi
(Peut-être que c'était trop beau)
Mais notre couple restait coi
Comme deux bons porte-drapeau,

Coi dans l'orgueil d'être plus libres
Que les plus libres de ce monde,
Sourd aux gros mots de tous calibres,
Inaccessible au rire immonde.

Nous avions laissé sans émoi
Tous impédiments dans Paris,
Lui quelques sots bernés, et moi
Certaine princesse Souris,

Une sotte qui tourna pire...
Puis soudain tomba notre gloire,
Tels, nous, des maréchaux d'empire
Déchus en brigands de la Loire,

Mais déchus volontairement !
C'était une permission,

Pour parler militairement,
Que notre séparation,

Permission sous nos semelles,
Et depuis combien de campagnes !
Pardonnâtes-vous aux femelles ?
Moi, j'ai peu revu ces compagnes,

Assez toutefois pour souffrir.
Ah, quel cœur faible que mon cœur !
Mais mieux vaut souffrir que mourir
Et surtout mourir de langueur.

On vous dit mort, vous. Que le Diable
Emporte avec qui la colporte
La nouvelle irrémédiable
Qui vient ainsi battre ma porte !

Je n'y veux rien croire. Mort, vous,
Toi, dieu parmi les demi-dieux !
Ceux qui le disent sont des fous.
Mort, mon grand péché radieux,

Tout ce passé brûlant encore
Dans mes veines et ma cervelle
Et qui rayonne et qui fulgore
Sur ma ferveur toujours nouvelle !

Mort tout ce triomphe inouï
Retentissant sans frein ni fin

Sur l'air jamais évanoui
Que bat mon cœur qui fut divin !

Quoi, le miraculeux poème
Et la toute-philosophie,
Et ma patrie et ma bohème
Morts ? Allons donc ! tu vis ma vie !

BALLADE
DE LA MAUVAISE RÉPUTATION

Il eut des temps quelques argents
Et régala ses camarades
D'un sexe ou deux, intelligents
Ou charmants, ou bien les deux grades,
Si que dans les esprits malades
Sa bonne réputation
Subit que de dégringolades !
Lucullus ? Non. Trimalcion.

Sous ses lambris, c'étaient des chants
Et des paroles point trop fades.
Éros et Bacchos indulgents
Présidaient à ces sérénades
Qu'accompagnaient des embrassades,
Puis chœurs et conversation
Cessaient pour des fins peu maussades.
Lucullus ? Non. Trimalcion.

L'aube pointait et ces méchants
La saluaient par cent aubades
Qui réveillaient au loin des gens
De bien, et par mille rasades.
Cependant de vagues brigades
– Zèle ou dénonciation ? –
Verbalisaient chez des alcades.
Lucullus ? Non. Trimalcion.

ENVOI

Prince, ô très haut marquis de Sade,
Un souris pour votre scion
Fier derrière sa palissade.
Lucullus ? Non. Trimalcion.

BALLADE SAPPHO

Ma douce main de maîtresse et d'amant
Passe et rit sur ta chère chair en fête,
Rit et jouit de ton jouissement.
Pour la servir tu sais bien qu'elle est faite,
Et ton beau corps faut que je le dévête
Pour l'enivrer sans fin d'un art nouveau
Toujours dans la caresse toujours prête.
Je suis pareil à la grande Sappho.

Laisse ma tête errant et s'abîmant
À l'aventure, un peu farouche, en quête
D'ombre et d'odeur et d'un travail charmant
Vers les saveurs de ta gloire secrète.
Laisse rôder l'âme de ton poète
Partout par là, champ ou bois, mont ou vau,
Comme tu veux et si je le souhaite.
Je suis pareil à la grande Sappho.

Je presse alors tout ton corps goulûment,
Toute ta chair contre mon corps d'athlète
Qui se bande et s'amollit par moment,
Heureux du triomphe et de la défaite
En ce conflit du cœur et de la tête.
Pour la stérile étreinte où le cerveau
Vient faire enfin la nature complète
Je suis pareil à la grande Sappho.

ENVOI

Prince ou princesse, honnête ou malhonnête,
Qui qu'en grogne et quel que soit son niveau,
Trop su poète ou divin proxénète,
Je suis pareil à la grande Sappho.

Appendice

À CELLE QUE L'ON DIT FROIDE

Tu n'es pas la plus amoureuse
De celles qui m'ont pris ma chair ;
Tu n'es pas la plus savoureuse
De mes femmes de l'autre hiver.

Mais je t'adore tout de même !
D'ailleurs, ton corps doux et bénin
A tout, dans son calme suprême,
De si grassement féminin,

De si voluptueux sans phrase,
Depuis les pieds longtemps baisés
Jusqu'à ces yeux clairs purs d'extase,
Mais que bien et mieux apaisés !

Depuis les jambes et les cuisses
Jeunettes sous la jeune peau,

À travers ton odeur d'éclisses
Et d'écrevisses fraîches, beau,

Mignon, discret, doux petit Chose
À peine ombré d'un or fluet,
T'ouvrant en une apothéose
À mon désir rauque et muet,

Jusqu'aux jolis tétins d'infante,
De miss à peine en puberté,
Jusqu'à ta gorge triomphante
Dans sa gracile vénusté,

Jusqu'à ces épaules luisantes,
Jusqu'à la bouche, jusqu'au front
Naïfs aux mines innocentes
Qu'au fond les faits démentiront,

Jusqu'aux cheveux courts bouclés comme
Les cheveux d'un joli garçon,
Mais dont le flot nous charme, en somme,
Parmi leur apprêt sans façon,

En passant par la lente échine
Dodue à plaisir, jusques au
Cul somptueux, blancheur divine,
Rondeurs dignes de ton ciseau,

Mol Canova ! jusques aux cuisses
Qu'il sied de saluer encor,

Jusqu'aux mollets, fermes délices,
Jusqu'aux talons de rose et d'or ! –

Nos nœuds furent incoercibles ?
Non, mais eurent leur attrait, leur.
Nos feux se trouvèrent terribles ?
Non, mais donnèrent leur chaleur.

Quant au Point. Froide ? Non pas. Fraîche.
Je dis que notre « sérieux »
Fut surtout, et je m'en pourlèche,
Une masturbation mieux,

Bien qu'aussi bien les prévenances
Sussent te préparer sans plus –
Comme tu dis – d'inconvenances,
Pensionnaire qui me plus,

Et je te garde entre les femmes
Du regret, non sans quelque espoir,
De quand peut-être nous aimâmes
Et de sans doute nous r'avoir.

                                        Septembre 1889.

GOÛTS ROYAUX

Louis Quinze aimait peu les parfums. Je l'imite
Et je leur acquiesce en la juste limite.

Ni flacons, s'il vous plaît, ni sachets en amour !
Mais, ô qu'un air naïf et piquant flotte autour
D'un corps, pourvu que l'art de m'exciter s'y
    trouve ;
Et mon désir chérit, et ma science approuve
Dans la chair convoitée, à chaque nudité,
L'odeur de la vaillance et de la puberté
Ou le relent très bon des belles femmes mûres,
Même j'adore – tais, morale, tes murmures –
Comment dirai-je ? ces fumets, qu'on tient se-
    crets,
Du sexe et des entours, dès avant comme après
La divine accolade et pendant la caresse,
Quelle qu'elle puisse être, ou doive, ou le pa-
    raisse.
Puis, quand sur l'oreiller mon odorat lassé,
Comme les autres sens, du plaisir ressassé,
Somnole et que mes yeux meurent vers un visage
S'éteignant presque aussi, souvenir et présage
De l'entrelacement des jambes et des bras,
Des pieds doux se baisant dans la moiteur des
    draps,
De cette langueur mieux voluptueuse monte
Un goût d'humanité qui ne va pas sans honte,
Mais si bon, mais si bon qu'on croirait en manger !
Dès lors, voudrais-je encor du poison étranger,
D'une fragrance prise à la plante, à la bête,
Qui vous tourne le cœur et vous brûle la tête,
Puisque j'ai, pour magnifier la volupté,
Proprement la quintessence de la beauté !

FILLES

I

Bonne simple fille des rues,
Combien te préféré-je aux grues

Qui nous encombrent le trottoir
De leur traîne, mon décrottoir,

Poseuses et bêtes poupées
Rien que de chiffons occupées

Ou de courses et de paris,
Fléaux déchaînés sur Paris !

Toi, tu m'es un vrai camarade
Qui la nuit monterait en grade

Et même dans les draps câlins
Garderait des airs masculins,

Amante à la bonne franquette,
L'amie à travers la coquette

Qu'il te faut bien être un petit
Pour agacer mon appétit.

Oui, tu possèdes des manières
Si farceusement garçonnières

Qu'on croit presque faire un péché
(Pardonné puisqu'il est caché),

Sinon que t'as les fesses blanches,
De frais bras ronds et d'amples hanches

Et remplaces ce que n'as pas
Par tant d'orthodoxes appas.

T'es un copain tant t'es bonne âme,
Tant t'es toujours tout feu, tout flamme

S'il s'agit d'obliger les gens
Fût-ce avec tes pauvres argents

Jusqu'à doubler ta rude ouvrage,
Jusqu'à mettre du linge en gage !

Comme nous t'as eu des malheurs
Et tes larmes valent nos pleurs

Et tes pleurs mêlés à nos larmes
Ont leurs salaces et leurs charmes,

Et de cette pitié que tu
Nous portes sort une vertu.

T'es un frère qu'est une dame
Et qu'est pour le moment ma femme...

Bon ! puis dormons jusqu'à potron-
Minette, en boule, et ron, ron, ron !

Serre-toi, que je m'acoquine
Le ventre au bas de ton échine,

Mes genoux emboîtant les tiens,
Tes pieds de gosse entre les miens.

Roule ton cul sous ta chemise,
Mais laisse ma main que j'ai mise

Au chaud sous ton gentil tapis.
Là ! nous voilà cois, bien tapis.

Ce n'est pas la paix, c'est la trêve.
Tu dors ? Oui. Pas de mauvais rêve.

Et je somnole en gais frissons,
Le nez pâmé sur tes frisons.

BILLET À LILY

Ma petite compatriote,
M'est avis que veniez ce soir
Frapper à ma porte et me voir.
Ô la scandaleuse ribote
De gros baisers – et de petits,
Conforme à mes gros appétits !
Mais les vôtres sont-ils si mièvres ?
Primo, je baiserai vos lèvres,
Toutes ! C'est mon cher entremets
Et les manières que j'y mets,
Comme en toutes choses vécues,
Sont friandes et convaincues.
Vous passerez vos doigts jolis
Dans ma flave barbe d'apôtre
Et je caresserai la vôtre,
Et sur votre gorge de lys,
Où mes ardeurs mettront des roses,
Je poserai ma bouche en feu ;
Mes bras se piqueront au jeu,
Pâmés autour des bonnes choses
De dessous la taille et plus bas, –
Puis mes mains, non sans fols combats
Avec vos mains mal courroucées,
Flatteront de tendres fessées
Ce beau derrière qu'étreindra

Tout l'effort qui lors bandera
Ma gravité vers votre centre...
À mon tour je frappe. Ô dis : Entre !

RENDEZ-VOUS

Dans la chambre encore fatale
De l'encor fatale maison
Où la raison et la morale
Le tiennent plus que de raison,

Il semble attendre la venue
À quoi, misère, il ne croit pas
De quelque présence connue
Et murmure entre haut et bas :

« Ta voix claironne dans mon âme
Et tes yeux flambent dans mon cœur.
Le monde dit que c'est infâme ;
Mais que me fait, ô mon vainqueur !

« J'ai la tristesse et j'ai la joie,
Et j'ai l'amour encore un coup,
L'amour ricaneur qui larmoie,
Ô toi beau comme un petit loup !

« Tu vins à moi, gamin farouche,
C'est toi – joliesse et bagout –

Rusé du corps et de la bouche,
Qui me violentes dans tout

« Mon scrupule envers ton extrême
Jeunesse et ton enfance mal
Encore débrouillée, et même
Presque dans tout mon animal.

« Deux, trois ans sont passés à peine,
Suffisants pour viriliser
Ta fleur d'alors et ton haleine
Encore prompte à s'épuiser.

« Quel rude gaillard tu dois être
Et que les instants seraient bons
Si tu pouvais venir ! Mais, traître,
Tu promets, tu dis : J'en réponds.

« Tu jures le ciel et la terre,
Puis tu rates les rendez-vous...
Ah ! cette fois, viens ! Obtempère
À mes désirs qui tournent fous.

« Je t'attends comme le Messie,
Arrive, tombe dans mes bras ;
Une rare fête choisie
Te guette, arrive, tu verras ! »

Du phosphore en ses yeux s'allume
Et sa lèvre au souris pervers

S'agace aux barbes de la plume
Qu'il tient pour écrire ces vers...

1891.

Chansons pour elle

I

Tu n'es pas du tout vertueuse,
Je ne suis pas du tout jaloux :
C'est de se la couler heureuse
Encor le moyen le plus doux.

Vive l'amour et vivent nous !

Tu possèdes et tu pratiques
Les tours les plus intelligents
Et les trucs les plus authentiques
À l'usage des braves gens

Et tu m'as quels soins indulgents !

D'aucuns clabaudent sur ton âge
Qui n'est plus seize ans ni vingt ans,
Mais ô ton opulent corsage,
Tes yeux riants, comme chantants,

Et ô tes baisers épatants !

Sois-moi fidèle si possible
Et surtout si cela te plaît,
Mais reste souvent accessible
À mon désir, humble valet

Content d'un « viens ! » ou d'un soufflet.

« Hein ? passé le temps des prouesses ! »
Me disent les sots d'alentour.
Ça, non, car grâce à tes caresses
C'est encor, c'est toujours mon tour.

Vivent nous et vive l'amour !

II

Compagne savoureuse et bonne
À qui j'ai confié le soin
Définitif de ma personne,
Toi mon dernier, mon seul témoin,
Viens çà, chère, que je te baise,
Que je t'embrasse long et fort,
Mon cœur près de ton cœur bat d'aise
Et d'amour pour jusqu'à la mort :
        Aime-moi,

        Car, sans toi,
        Rien ne puis,
        Rien ne suis.

Je vais gueux comme un rat d'église
Et toi tu n'as que tes dix doigts ;
La table n'est pas souvent mise
Dans nos sous-sols et sous nos toits ;
Mais jamais notre lit ne chôme,
Toujours joyeux, toujours fêté
Et j'y suis le roi du royaume
De ta gaîté, de ta santé !
        Aime-moi,
        Car, sans toi,
        Rien ne puis,
        Rien ne suis.

Après nos nuits d'amour robuste
Je sors de tes bras mieux trempé,
Ta riche caresse est la juste,
Sans rien de ma chair de trompé,
Ton amour répand la vaillance
Dans tout mon être, comme un vin,
Et, seule, tu sais la science
De me gonfler un cœur divin.
        Aime-moi,
        Car, sans toi,
        Rien ne puis,
        Rien ne suis.

Qu'importe ton passé, ma belle,
Et qu'importe, parbleu ! le mien :
Je t'aime d'un amour fidèle
Et tu ne m'as fait que du bien.
Unissons dans nos deux misères
Le pardon qu'on nous refusait
Et je t'étreins et tu me serres
Et zut au monde qui jasait !
      Aime-moi,
      Car, sans toi,
      Rien ne puis,
      Rien ne suis.

III

Voulant te fuir (fuir ses amours !
      Mais un poète est bête.)
J'ai pris, l'un de ces derniers jours,
      La poudre d'escampette.
Qui fut penaud, qui fut nigaud
      Dès après un quart d'heure ?
Et je revins en mendigot
      Qui supplie et qui pleure.

Tu pardonnas : mais pas longtemps
      Depuis la fois première
Je filais, pareil aux autans,

Comme la fois dernière.
Tu me cherchas, me dénichas ;
    Courte et bonne, l'enquête !
Qui fut content du doux pourchas ?
    Moi donc, ta grosse bête !

Puisque nous voici réunis,
    Dis, sans ruse et sans feinte,
Ne nous cherchons plus d'autres nids
    Que ma, que ton étreinte.
Malgré mon caractère affreux,
    Malgré ton caractère
Affreux, restons toujours heureux :
    Fois première et dernière.

IV

Or, malgré ta cruauté
Affectée, et l'air très faux
De sale méchanceté
Dont, bête, tu te prévaux,

J'aime ta lasciveté !

Et quoiqu'en dépit de tout
Le trop factice dégoût
Que me dicte ton souris

Qui m'est, à mes dams et coût,

Rouge aux crocs blancs de souris !

Je t'aime comme l'on croit,
Et mon désir fou qui croît,
Tel un champignon des prés,
S'érige ainsi que le Doigt

D'un Terme là tout exprès.

Donc, malgré ma cruauté
Affectée, et l'air très faux
De pire méchanceté,
Dont, bête, je me prévaux,

Aime ma simplicité.

V

> *Zon, flûte et basse.*
> *Zon, violon.*
> (BÉRANGER.)

Jusques aux pervers nonchaloirs
　　De ces yeux noirs,
Jusque, depuis ces flemmes blanches
　　De larges hanches
Et d'un ventre et de deux beaux seins
　　Aux fiers dessins,

Tout pervertit, tout convertit tous mes desseins,

　　Jusques à votre menterie,
　　　Bouche fleurie,
　　Jusques aux pièges mal tendus
　　　Tant attendus,
　　De tant d'appas, de tant de charmes,
　　　De tant d'alarmes,

Tout pervertit, tout avertit mes tristes larmes,

　　Et, Chère, ah ! dis : Flûtes et zons
　　　À mes chansons
　　Qui vont bramant, tels des cerfs prestes
　　　Aux gestes lestes,
　　Ah ! dis donc, Chère : Flûte et zon !
　　　À ma chanson,

Et si je fais l'âne, eh bien, donne-moi du son !

VI

La saison qui s'avance
Nous baille la défense
D'user des us d'été,
Le frisson de l'automne
Déjà nous pelotonne
Dans le lit mieux fêté.

Fi de l'été morose,
Toujours la même chose :
« J'ai chaud, t'as chaud, dormons ! »
Dormir au lieu de vivre,
S'ennuyer comme un livre...
Voici l'automne, aimons !

L'un dans l'autre, à notre aise,
Soyons pires que braise
Puisque s'en vient l'hiver,
Tous les deux, corps et âme,
Soyons pires que flamme,
Soyons pires que chair !

VII

Je suis plus pauvre que jamais
    Et que personne ;
Mais j'ai ton cou gras, tes bras frais,
    Ta façon bonne
De faire l'amour, et le tour
    Leste et frivole
Et la caresse, nuit et jour,
    De ta parole.

Je suis riche de tes beaux yeux,
    De ta poitrine,
Nid follement voluptueux,
    Couche ivoirine
Où mon désir, las d'autre part,
    Se ravigore
Et pour d'autres ébats repart
    Plus brave encore...

Sans doute tu ne m'aimes pas
    Comme je t'aime,
Je sais combien tu me trompas
    Jusqu'à l'extrême.
Que me fait puisque je ne vis
    Qu'en ton essence,

Et que tu tiens mes sens ravis
    Sous ta puissance ?

VIII

Que ton âme soit blanche ou noire,
Que fait ? Ta peau de jeune ivoire
Est rose et blanche et jaune un peu.
Elle sent bon, ta chair, perverse
Ou non, que fait ? puisqu'elle berce
La mienne de chair, nom de Dieu !

Elle la berce, ma chair folle,
Ta folle de chair, ma parole
La plus sacrée ! – et que donc bien !
Et la mienne, grâce à la tienne,
Quelque réserve qui la tienne,
Elle s'en donne, nom d'un chien !

Quant à nos âmes, dis, Madame,
Tu sais, mon âme et puis ton âme,
Nous en moquons-nous ? Que non pas !
Seulement nous sommes au monde.
Ici-bas, sur la terre ronde,
Et non au ciel, mais ici-bas.

Or, ici-bas, faut qu'on profite
Du plaisir qui passe si vite

Et du bonheur de se pâmer.
Aimons, ma petite méchante,
Telle l'eau va, tel l'oiseau chante,
Et tels, nous ne devons qu'aimer.

IX

Tu m'as frappé, c'est ridicule,
Je t'ai battue et c'est affreux :
Je m'en repens et tu m'en veux.
C'est bien, c'est selon la formule.

Je n'avais qu'à me tenir coi
Sous l'aimable averse des gifles
De ta main experte en mornifles,
Sans même demander pourquoi.

Et toi, ton droit, ton devoir même,
Au risque de t'exténuer,
Il serait de continuer
De façon extrême et suprême...

Seulement, ô ne m'en veux plus,
Encore que ce fût un crime
De t'avoir faite ma victime...
Dis, plus de refus absolus,

Bats-moi, petite, comme plâtre,
Mais ensuite viens me baiser,
Pas ? Quel besoin d'éterniser
Une querelle trop folâtre.

Pour se brouiller plus d'un instant,
Le temps de nous faire une moue
Qu'éteint un bécot sur la joue,
Puis sur la bouche, en attendant

Mieux encor, n'est-ce pas, gamine ?
Promets-le moi sans biaiser.
C'est convenu ? Oui ? Puis-je oser ?
Allons, plus de ta grise mine !

X

L'horrible nuit d'insomnie !
– Sans la présence bénie
De ton cher corps près de moi,
Sans ta bouche tant baisée
Encore que trop rusée
En toute mauvaise foi,

Sans ta bouche tout mensonge,
Mais si franche quand j'y songe
Et qui sait me consoler

Sous l'aspect et sous l'espèce
D'une fraise – et, bonne pièce ! –
D'un très plausible parler,

Et surtout sans le pentacle
De tes sens et le miracle
Multiple et un, fleur et fruit,
De tes durs yeux de sorcière,
Durs et doux à ta manière...
Vrai Dieu ! la terrible nuit !

XI

Vrai, nous avons trop d'esprit,
      Chérie !
Je crois que mal nous en prit,
      Chérie,
D'ainsi lutter corps à corps
      Encore,
Sans repos et sans remords
      Encore !

Plus, n'est-ce pas ? de ces luttes
      Sans but,
Plus de ces mauvaises flûtes.
      Ce luth,
Ô ce luth de bien se faire

Tel air,
Toujours vibrant, chanson chère
Dans l'air !

Et n'ayons donc plus d'esprit,
T'en prie !
Tu vois que mal nous en prit...
T'en prie.
Soyons bons tout bêtement,
Charmante,
Aimons-nous aimablement,
M'amante !

XII

Tu bois, c'est hideux ! presque autant que moi.
Je bois, c'est honteux, presque plus que toi,
Ce n'est plus ce qu'on appelle une vie...
Ah ! la femme, fol, fol est qui s'y fie !

Les hommes, bravo ! c'est fier et soumis,
On peut s'y fier, voilà des amis !
Nous buvons, mais, vous, mesdames, l'ivresse
Vous va moins qu'à nous, – te change en
   tigresse,

Moi tout au plus en un simple cochon,
Quelque idéal sot dans mon cabochon,

Quelque bêtise en sus, quelque sottise
En outre, – mais toi, la fainéantise,

La méchanceté, l'obstination,
Un peu le vice et beaucoup l'option,
Pour être plus folle, sur ma parole !
Que ma folie à moi déjà si folle.

Ces réflexions me coûtent beaucoup,
Mais ce soir je suis d'une humeur de loup.
Excuse, si mon discours va si rogue
Mais ce soir je suis d'une humeur de dogue.

....

Bah, buvons, pas trop (s'il nous est possible),
Ma bouche est un trou, la tienne est un crible.
Dieu saura bien reconnaître les siens.
Morale : surtout baisons-nous – et viens !

XIII

Es-tu brune ou blonde ?
Sont-ils noirs ou bleus,
Tes yeux ?
Je n'en sais rien mais j'aime leur clarté pro-
fonde,
Mais j'adore le désordre de tes cheveux.

Es-tu douce ou dure ?
Est-il sensible ou moqueur,
     Ton cœur ?
Je n'en sais rien mais je rends grâce à la nature
D'avoir fait de ton cœur mon maître et mon
  vainqueur.

Fidèle, infidèle ?
Qu'est-ce que ça fait,
     Au fait
Puisque toujours dispose à couronner mon zèle
Ta beauté sert de gage à mon plus cher
  souhait.

XIV

Je ne t'aime pas en toilette
Et je déteste la voilette,
Qui m'obscurcit tes yeux, mes cieux,
Et j'abomine la « tournure »
Parodie et caricature,
De tels tiens appas somptueux.

Je suis hostile à toute robe
Qui plus ou moins cache et dérobe
Ces charmes, au fond les meilleurs :

Ta gorge, mon plus cher délice,
Tes épaules et la malice
De tes mollets ensorceleurs.

Fi d'une femme trop bien mise !
Je te veux, ma belle, en chemise,
– Voile aimable, obstacle badin,
Nappe d'autel pour l'alme messe,
Drapeau mignard vaincu sans cesse
Matin et soir, soir et matin.

XV

Chemise de femme, armure *ad hoc*
Pour les chers combats et le gai choc,
Avec, si frais et que blancs et gras,
Sortant tout nus, joyeux, les deux bras,

          Vêtement suprême,
          De mode toujours,
          C'est toi seul que j'aime
          De tous ses atours.

Quand Elle s'en vient devers le lit,
L'orgueil des beaux seins cambrés emplit
Et bombe le linge parfumé
Du seul vrai parfum, son corps pâmé.

Vêtement suprême,
De mode toujours,
C'est toi seul que j'aime
De tous ses atours.

Quand elle entre dans le lit c'est mieux
Encor : sous ma main le précieux
Trésor de sa croupe frémit dans
Les plis de batiste redondants.

Vêtement suprême,
De mode toujours,
C'est toi seul que j'aime
De tous ses atours.

Mais lorsqu'elle a pris place à côté
De moi, l'humble serf de sa beauté,
Il est divin et mieux mon bonheur
À bousculer le linge et l'honneur !

Vêtement suprême,
De mode toujours,
C'est toi seul que j'aime
De tous ses atours.

XVI

L'été ne fut pas adorable
Après cet hiver infernal
Et quel printemps défavorable !
Et l'automne commence mal.
  Bah ! nous nous réchauffâmes
  En mêlant nos deux âmes.

La pauvreté, notre compagne
Dont nous nous serions bien passés,
Vainement menait la campagne
Durant tous ces longs mois glacés...
  Nous incaguions l'intruse,
  Son astuce et sa ruse.

Et, riches de baisers sans nombre,
– La seule opulence, crois-moi, –
Que nous fait que le temps soit sombre
S'il fait soleil en moi, chez toi,
  Et que le plaisir rie
  À notre gueuserie ?

XVII

Je ne suis plus de ces esprits philosophiques
Et ce n'est pas de morale que tu te piques,
Deux admirables conditions pour l'amour
Tel que nous l'entendons, c'est-à-dire sans tour
Aucun de bête convenance ou de limites,
Mais chaud, rieur – et zut à tous us hypocrites !

       Aimons gaîment
       Et franchement.

J'ai reconnu que la vertu, quand s'agit d'Elles,
Est duperie et que la plupart d'elles ont
Raison de s'en passer, nous prenant pour mo-
   dèles :
Si bien qu'il est très bien de faire comme font
Les bonnes bêtes de la terre et les célestes,
N'est-ce pas ? prompts moineaux, n'est-ce pas,
   les cerfs prestes ?

       Aimons bien fort
       Jusqu'à la mort.

Pratique mon bon conseil et reste amusante.
S'il se peut, sois-le plus encore et représente

Toi bien que c'est ta loi d'être pour nous
  charmer.
Et la fleur n'est pas plus faite pour se fermer
Que vos cœurs et vos sens, ô nos belles amies...
Tête en l'air, sens au clair, vos « pudeurs » en-
  dormies,

> Aimons drûment
> Et verdement !

XVIII

Si tu le veux bien, divine Ignorante,
Je ferai celui qui ne sait plus rien
Que te caresser d'une main errante,
En le geste expert du pire vaurien,

Si tu le veux bien, divine Ignorante.

Soyons scandaleux sans plus nous gêner
Qu'un cerf et sa biche ès bois authentiques.
La honte, envoyons-la se promener.
Même exagérons et, sinon cyniques,

Soyons scandaleux sans plus nous gêner.

Surtout ne parlons pas littérature.
Au diable lecteurs, auteurs, éditeurs
Surtout ! Livrons-nous à notre nature
Dans l'oubli charmant de toutes pudeurs,

Et, ô ! ne parlons pas littérature.

Jouir et dormir ce sera, veux-tu ?
Notre fonction première et dernière,
Notre seule et notre double vertu,
Conscience unique, unique lumière,

Jouir et dormir, m'amante, veux-tu ?

XIX

Ton rire éclaire mon vieux cœur
Comme une lanterne une cave
Où mûrirait tel cru vainqueur :
Aï, Beaune, Sauterne, Grave.

Ton rire éclaire mon vieux cœur.

Ta voix claironne dans mon âme :
Tel un signal d'aller au feu...
... De tes yeux en effet tout flamme
On y va, sacré nom de Dieu !

Ta voix claironne dans mon âme.

Ta manière, ton *meneo*,
Ton chic, ton galbe, ton que sais-je,
Me disent : « Viens çà. » – *Prodeo*.
(Ô ces souvenirs de collège !)

Ta manière ! ton *meneo !*

Ta gorge, tes hanches, ton geste,
Et le reste, odeur et fraîcheur
Et chaleur m'insinuent : reste !
Si j'y reste, en ton lit mangeur !

Ta gorge ! tes hanches ! ton geste !

XX

Tu crois au marc de café,
Aux présages, aux grands jeux :
Moi je ne crois qu'en tes grands yeux.

Tu crois aux contes de fées,
Aux jours néfastes, aux songes,
Moi je ne crois qu'en tes mensonges.

Tu crois en un vague Dieu,

En quelque saint spécial,
En tel *Ave* contre tel mal.

Je ne crois qu'aux heures bleues
Et roses que tu m'épanches
Dans la volupté des nuits blanches !

Et si profonde est ma foi
Envers tout ce que je croi
Que je ne vis plus que pour toi.

XXI

Lorsque tu cherches tes puces
    C'est très rigolo.
Que de ruses, que d'astuces !
    J'aime ce tableau.
C'est alliciant en diable
    Et mon cœur en bat
D'un battement préalable
    À quelque autre ébat.

Sous la chemise tendue
    Au large, à deux mains,
Tes yeux scrutent l'étendue
    Entre tes durs seins.
Toujours tu reviens bredouille,
    D'ailleurs, de ce jeu.

N'importe, il me trouble et brouille,
  Ton sport, et pas peu !

Lasse-toi d'être défaite
  Aussi sottement.
Viens payer une autre fête
  À ton corps charmant
Qu'une chasse infructueuse
  Par monts et par vaux.
Tu seras victorieuse...
  Si je ne prévaux !

                  XXII

J'ai rêvé de toi cette nuit :
Tu te pâmais en mille poses
Et roucoulais des tas de choses...

Et moi, comme on savoure un fruit
Je te baisais à bouche pleine
Un peu partout, mont, val ou plaine.

J'étais d'une élasticité,
D'un ressort vraiment admirable :
Tudieu, quelle haleine et quel râble !

Et toi, chère, de ton côté,
Quel râble, quelle haleine, quelle

Élasticité de gazelle...

Au réveil ce fut, dans tes bras,
Mais plus aiguë et plus parfaite,
Exactement la même fête !

XXIII

Je n'ai pas de chance en femmes,
Et, depuis mon âge d'homme,
Je ne suis tombé guère, en somme,
Que sur des criardes infâmes.

C'est vrai que je suis criard
Moi-même et d'un révoltant
Caractère tout autant,
Peut-être plus, par hasard.

Mes femmes furent légères,
Toi-même tu l'es un peu,
Cet épouvantable aveu
Soit dit entre nous, ma chère.

C'est vrai que je fus coureur.
Peut-être le suis-je encore :
Cet aveu me déshonore.
Parfois je me fais horreur.

Baste ! restons tout de même
Amants fervents puisqu'en somme
Toi, bonne fille, et moi, brave homme.
Tu m'aimes, dis, et que je t'aime.

XXIV

Bien qu'elle soit ta meilleure amie,
C'est farce ce que nous la trompons
Jusques à l'excès, sans penser mie
À elle, tant nos instants sont bons,

Nos instants sont bons !

Je fais des comparaisons, de même
Toi cocufiant ton autre amant,
Et je dois dire que ton système
Pour le cocufier est charmant,

Ton us est charmant !

Mon plaisir est d'autant plus coupable
(Et plus exquis, grâce à ton concours)
Qu'elle se montre aussi très capable
Et fort experte aux choses d'amours,

Mais, sans ton concours ?

Trompons-la bien, car elle nous trompe

Peut-être aussi, tant on est coquins
Et qu'il n'est de pacte qu'on ne rompe.
Trompons-*les* bien. Nuls remords mesquins !

Soyons bien coquins !

XXV

Je fus mystique et je ne le suis plus,
(La femme m'aura repris tout entier)
Non sans garder des respects absolus
Pour l'idéal qu'il fallut renier.

Mais la femme m'a repris tout entier !

J'allais priant le Dieu de mon enfance
(Aujourd'hui c'est toi qui m'as à genoux).
J'étais plein de foi, de blanche espérance,
De charité sainte aux purs feux si doux.

Mais aujourd'hui tu m'as à tes genoux !

La femme, par toi, redevient LE maître,
Un maître tout-puissant et tyrannique,
Mais qu'insidieux ! feignant de tout permettre
Pour en arriver à tel but satanique...

Ô le temps béni quand j'étais ce mystique !

Chair

Dernières poésies.

PROLOGUE

L'amour est infatigable !
Il est ardent comme un diable,
Comme un ange il est aimable.

L'amant est impitoyable,
Il est méchant comme un diable,
Comme un ange, redoutable.

Il va rôdant comme un loup
Autour du cœur de beaucoup
Et s'élance tout à coup

Poussant un sombre hou-hou !
Soudain le voilà roucou-
Lant ramier gonflant son cou.

Puis que de métamorphoses !
Lèvres rouges, joues roses,
Moues gaies, ris moroses,

Et, pour finir, moulte chose
Blanche et noire, effet et cause ;
Le lys droit, la rose éclose...

CHANSON POUR ELLES

Ils me disent que tu es blonde
Et que toute blonde est perfide,
Même ils ajoutent « comme l'onde ».
Je me ris de leur discours vide !
Tes yeux sont les plus beaux du monde
Et de ton sein je suis avide.

Ils me disent que tu es brune,
Qu'une brune a des yeux de braise
Et qu'un cœur qui cherche fortune
S'y brûle... Ô la bonne foutaise !
Ronde et fraîche comme la lune,
Vive ta gorge aux bouts de fraise !

Ils me disent de toi, châtaine :
Elle est fade, et rousse trop rose.
J'encague cette turlutaine,
Et de toi j'aime toute chose
De la chevelure, fontaine
D'ébène ou d'or (et dis, ô pose-
Les sur mon cœur), aux pieds de reine.

AUTRE

Car tu vis en toutes les femmes
Et toutes les femmes c'est toi.
Et tout l'amour qui soit, c'est moi
Brûlant pour toi de mille flammes.

Ton sourire tendre ou moqueur,
Tes yeux, mon Styx ou mon Lignon,
Ton sein opulent ou mignon
Sont les seuls vainqueurs de mon cœur.

Et je mords à ta chevelure
Longue ou frisée, en haut, en bas,
Noire ou rouge et sur l'encolure
Et là ou là – et quels repas !

Et je bois à tes lèvres fines
Ou grosses, – à la Lèvre, toute !
Et quelles ivresses en route,
Diaboliques et divines !

Car toute la femme est en toi
Et ce moi que tu multiplies
T'aime en toute Elle et tu rallies
En toi seule tout l'amour : Moi !

ET DERNIÈRE

Car mon cœur, jamais fatigué
D'être ou du moins de le paraître,
Quoi qu'il en soit, s'efforce d'être
Ou de paraître fol et gai.

Mais, mieux que de chercher fortune
Il tend, ce cœur, dur comme l'arc
De l'Amour en plâtre du parc,
À se détendre en l'autre et l'une

Et les autres : des cibles qu'on
Perçoit aux ventres des nuages
Noirs et rosâtres et volages
Comme tels désirs en flocon.

LOGIQUE

Quand même tu dirais
Que tu me trahirais
Si c'était ton caprice,
Qu'est-ce que me ferait
Ce terrible secret
Si c'était mon caprice ?

De quand même t'aimer,
– Dusses-tu le blâmer,
Ou plaindre mon caprice,
D'être si bien à toi
Qu'il ne m'est dieu ni roi
Ni rien que ton caprice ?

Quand tu me trahirais
Eh bien donc, j'en mourrais,
Adorant ton caprice ;
Alors que me ferait
Un malheur qui serait
Conforme à mon caprice ?

ASSONANCES GALANTES

I

Tu me dois ta photographie
À la condition que je
Serai bien sage – et tu t'y fies !

Apprends, ma chère, que je veux
Être, en échange de ce don
Précieux, un libertin que

L'on pardonne après sa fredaine
Dernière en faveur d'un second
Crime et peut-être d'un troisième.

Cette image que tu me dois
Et que je ne mérite pas,
Moyennant ta condition

Je l'aurais quand même tu me
La refuserais puisque je
L'ai là, dans mon cœur, nom de Dieu !

II

Là ! je l'ai, ta photographie,
Quand t'étais cette galopine
Avec, jà, tes yeux de défi,

Tes petits yeux en trous de vrille,
Avec alors de fiers tétins
Promus en fiers seins aujourd'hui

Sous la longue robe si bien
Qu'on portait vers soixante-seize
Et sous la traîne et tout son train,

On devine bien ton manège
D'alors jà, cuisse alors mignonne,
Ce jourd'huy belle et toujours fraîche ;

Hanches ardentes et luronnes,
Croupe et bas-ventre jamais las,
À présent le puissant appât,

Les appas, mûrs mais durs qu'appètent
Ma fressure quand tu es là
Et quand tu n'es pas là, ma tête !

III

Et puisque ta photographie
M'est émouvante et suggestive
À ce point et qu'en outre vit

Près de moi, jours et nuits, lascif
Et toujours prêt, ton corps en chair
Et en os et en muscles vifs

Et ton âme amusante, ô chère
Méchante, je ne serai « sage »
Plus du tout et zut aux bergères

Autres que toi que je vais sac-
Cager de si belle manière,
– Il importe que tu le saches –

Que j'en mourrai, de ce plus fier
Que de toute gloire qu'on prise
Et plus heureux que le bonheur !

Et pour la tombe où mes sens gisent,
Toute belle ainsi que la vie,
Mets, dans son cadre de peluche,

Sur mon cœur, ta photographie.

LES MÉFAITS DE LA LUNE

Sur mon front, mille fois solitaire,
Puisque je dois dormir loin de toi,
La lune déjà maligne en soi,
Ce soir jette un regard délétère.

Il dit ce regard – pût-il se taire !
Mais il ne prétend pas rester coi, –
Qu'il n'est pas sans toi de paix pour moi ;
Je le sais bien, pourquoi ce mystère,

Pourquoi ce regard, oui, lui, pourquoi ?
Qu'ont de commun la lune et la terre ?

Bah, reviens vite, assez de mystère !
Toi, c'est le soleil, luis clair sur moi !

MONEY !

Ah oui, la question d'argent !
Celle de te voir pleine d'aise
Dans une robe qui te plaise,
Sans trop de ruse ou d'entregent ;

Celle d'adorer ton caprice
Et d'aider, s'il pleut des louis,
Aux jeux où tu t'épanouis,
Toute de vice et de malice ;

D'être là, dans ce Waterloo,
La vie à Paris, de réserve,
Vieille garde que rien n'énerve
Et qui fait bien dans le tableau ;

De me priver de toute joie
En faveur de toi, dusses-tu
Tromper encor ce moi têtu
Qui m'obstine à rester ta proie !

Me l'ont-ils assez reprochée,
Ceux qui ne te comprennent pas,
Grande maîtresse que d'en bas
J'adore, sur mon cœur penchée,

Amis de Job aux conseils vils,
Ne s'étant jamais senti battre
Un cœur amoureux comme quatre
À travers misère et périls !

Ils n'auront jamais la fortune
Ni l'honneur de mourir d'amour
Et de verser tout leur sang pour
L'amour seul de toi, blonde ou brune !

LA BONNE CRAINTE

Le diable de Papefiguière
Eut tort, d'accord, d'être effrayé
   De quoi, bons dieux !

Mais que veut-on que je requière
À son encontre, moi qui ai
   Peur encor mieux ?

Eh quoi, cette grâce infinie,
Délice, délire, harmonie
   De cette chair

Ô Femme, ô femmes, qu'est la vôtre
Dont le mol péché qui s'y vautre
   M'est si cher,

Aboutissant, c'est vrai, par quelles
Ombreuses gentiment venelles
    Ou richement,

Légère toison qui ondoie,
Toute de jour, toute de joie
    Innocemment,

Or frisotté comme eau qui vire
Où du soleil tiède se mire
    Et qui sent fin,

Lourds copeaux si minces ! d'ébène,
Tordus, sans nombre, sous l'haleine
    D'étés sans fin,

Aboutissant à cet abîme
Douloureux et gai, vil, sublime,
    Mais effrayant

On dirait de sauvagerie,
De structure mal équarrie,
    Clos et béant.

Oh ! oui, j'ai peur, non pas de l'antre
Ni de la façon qu'on y entre
    Ni de l'entour,

Mais, dès l'entrée effectuée
Dans l'âpre caverne d'amour,
   Qu'habituée

Pourtant à l'horreur fraîche et chaude,
Ma tête en larmes et en feu,
   Jamais en fraude,

N'y reste un jour, tant vaut le lieu !

MINUIT

Et je t'attends en ce café,
Comme je le fis en tant d'autres,
Comme je le ferais, en outre,
Pour tout le bien que tu me fais.

Tu sais, parbleu ! que cela m'est
Égal aussi bien que possible :
Car, mon cœur, il n'est telles cibles...
Témoin les belles que j'aimais...

Et ce ne m'est plus un lapin
Que tu me poses, sale rosse,
C'est un civet que tu opposes
Vers midi à mes goûts sans frein.

Janvier 1895.

VERS EN ASSONANCES

Les variations normales
De l'esprit autant que du cœur
En somme témoignent peu mal
En dépit de tel qui s'épeure,

Parlent, par contre, contre tel
Qui s'effraierait au nom du monde
Et déposent pour tel ou telle
Qui virent et dansent en rond...

Que vient faire l'hypocrisie
Avec tout son dépit amer
Pour nuire au cœur vraiment choisi,
À l'âme exquisement sincère

Qui se donne et puis se reprend
En toute bonne foi divine,
Que d'elle, se vendre et se rendre
Plus odieuse, avec son spleen,

Que la faute qu'elle dénonce,
Et qu'au fait, les glorifier,
Plutôt, en outre, *hic et nunc,*
L'esprit altier et l'âme fière !

VERS SANS RIMES

Le bruit de ton aiguille et celui de ma plume
Sont le silence d'or dont on parla d'argent.
Ah ! cessons de nous plaindre, insensés que
    nous fûmes
Et travaillons tranquillement au nez des gens !

Quant à souffrir, quant à mourir, c'est nos af-
    faires
Ou plutôt celles des toc-tocs et des tic-tacs
De la pendule en garni dont la voix sévère
Voudrait persévérer à nous donner le trac

De mourir le premier ou le dernier. Qu'im-
    porte,
Si l'on doit, ô mon Dieu, se revoir à jamais ?
Qu'importe la pendule et notre vie, ô Mort ?
Ce n'est plus nous que l'ennui de tant vivre ef-
    fraye !

« LA CLASSE »

Allez, enfants de nos entrailles, nos enfants
À tous qui souffririons de vous savoir trop
    braves
Ou pas assez, allez, vaincus ou triomphants,
Et revenez ou mourez... Tels sont, fiers et
    graves,

Nos accents, pourtant doux, si doux qu'on va
    pleurer
Puisqu'on vous aime mieux que soi-même
    – mais vive
La France encore mieux, puisque, sans plus errer,
Il faut mourir ou revenir, proie ou convive !

Revenir ou mourir, cadavre ou revenant,
Cadavre saint, revenant pire qu'un cadavre
En raison des chers torts et revenant planant
Comme des torts sur un cœur tendre que l'on
    navre,

S'en revenant estropiés ou bien en point
Sous le drapeau troué, parbleu ! de mille balles,
Ou, nom de Dieu ! pris et repris à coups de
    poing !...
Ô nos enfants, ô mes enfants ! – car tu t'em-
    balles,

Pauvre vieux cœur pourtant si vieux, si dégoûté
De tout, hormis de cette éternelle Patrie.
Quoi ! *Liberté ? Égalité ? Fraternité ?*
Non ! pas possible !... Enfin, enfants de la Patrie,

Allez, – et tâchez donc de sauver la Patrie !

Paris, 17 novembre 1894.

FOG !

Pour Mme***

Ce brouillard de Paris est fade,
On dirait même qu'il est clair
Au prix de cette promenade
Que l'on appelle Leicester Square[1].

Mais le brouillard de Londres est
Savoureux comme non pas autres ;
Je vous le dis, et fermes et
Pires les opinions nôtres !

Pourtant dans ce brouillard hagard
Ce qu'il faut retenir quand même
C'est, en dépit de tout hasard,
Que je l'adore et qu'elle m'aime.

1. Prononcez *Leste' Squère*.

PARALLÈLEMENT

LES AMIES

FILLES

LUNES

Table 123

APPENDICE

CHANSONS POUR ELLE

CHAIR

DÉCOUVREZ LES FOLIO À 2 €

Composition Nord Compo.
Impression Société Nouvelle Firmin-Didot
à Mesnil-sur-l'Estrée, le 17 avril 2002.
Dépôt légal : avril 2002.
Numéro d'imprimeur : 59396.
ISBN 2-07-042322-0/Imprimé en France.